美林의 네번째 시집

부채와 포도는 사랑을 했네

김 미 림

그림 그리는 시인

세 번째 시집을 내놓고 강산이 두 번 변했다.
세상의 아름다운 것들을 시인은 시로 노래하고 화가는 그림으로 그린다. 지리산 아래 전생에 신선이었던 사람들만 태어난다는 운봉雲峰에서 태어났다. 덕분에 눈과 마음으로 다가온 세상을 아름답게 노래할 줄 아는 운봉雲峰 사람으로 성장하였다.

인생은 여행이라고 했다.
구름 위에서 본 빅토리아 호수, 구름이 휘감고 날아오르던 지중해, 낙타를 타고 노을 속으로 걸어가면서 만난 사하라 사막의 이름 모를 꽃들, 나는 아름다운 것들을 보면 사랑하는 사람들이 생각나고 나와 눈 마주쳤던 이들의 얼굴이 생각난다.

강의나 컨설팅을 하면서 팔도강산을 유람할 때도
해외로 발령 난 남편과 많은 나라의 하늘을 건너다닐 때도
나의 삶은 그렇게 먼 곳에서 사랑하는 이들에게 보내는 그리움의
연속이었고, 그것은 나의 눈과 마음에 담겨 시가 되었다.

내게 있어 그리움은 사랑이고
그 사랑은 나를 살아있게 하는 원동력이다.
지금 사막의 한 가운데 당신이 서있다면
나의 시가 당신에게 다가가 당신에게도 아름다움이 되기를 소망한다.

이제는 사막에서 보았던 꽃이 그립다.

2024년 청포도의 계절에 美林

네 번째 시집을 내며

차례

1부 사막에서도 꽃은

10 점하나 찍고
12 도하공항에서
13 튀니지 블루
14 지중해를 바라보니
16 자유
18 튀니스의 새벽
20 사막에서도 꽃은
22 커피를 내리고
25 연서 1
26 시디부사이드
28 키갈리의 새벽
30 서로가 서로에게
32 르완다를 그리며
34 휴양지 풍경
35 지중해변에서

2부 공주들은 꽃잠을 자고

40 그리움이 물감처럼

42 그대 선 자리에

44 부귀도富貴圖 앞에서

47 어변성룡도漁變成龍圖

49 양귀비의 노래

50 모란도를 그려놓고

52 목백합의 노래

54 공주들은 꽃잠을 자고

56 우리집은

59 내리사랑

61 동심

62 열일곱 울엄마

65 납매臘梅의 노래

66 동행 1

3부 꽃은 꽃의 마음을 갖고

73 일상

74 연서 2

75 연서 3

76 꽃은 꽃의 마음을 갖고

78 사랑은 1

79 사랑은 2

80 사랑은 3

81 봄처녀 제 오시네

82 세월은

83 그곳이 어디이든

84 질투

86 나의 기도

88 신께서 물으시면

90 하얀 향내

92 삶이 그대를 속일지라도

94 천하정을 꿈꾸며

4부 부채와 포도는 사랑을 했네

99 봄님

101 건지산에 봄이 내려오는 소리

102 부채와 포도는 사랑을 했네

104 부채의 기도

105 지천명

106 저 꽃잎 지고 나면

108 비내리는 날의 소묘

109 나무의자

110 환희

112 수요일 오후

113 내버려 두소서

114 건지산의 가을

116 알고 있나 봐요

117 동행 2

머리말

　김미림 시인은 1970년대 말 필자가 남원시 운봉(雲峯)중학교에 근무하던 시절에 만난 산골 소녀였다. 첫눈에도 재기발랄하고 깜찍해 귀여움을 받았던 총명한 학생이었다. 그런 산골 소녀가 어느새 중년에 이른 시인이요 문학박사가 되어 이번 시집의 초고를 들고 와 '머리말'을 부탁하였다. 그 원고의 첫머리 (시집을 내며)에서 그는

　　　　해외로 발령 난 남편과 많은 나라의 하늘을 건너다닐 때도 나의 삶은 먼 곳에서 사랑하는 이들에게 보내는 그리움의 연속이었고, 그것은 나의 눈과 마음에 담겨져 시가 되었다. 내게 있어 그리움은 사랑이고 그 사랑은 나를 살아있게 하는 원동력이다. 지금 사막의 한 가운데 당신이 서있다면 나의 시가 당신에게 다가가 당신에게도 아름다움이 되기를 소망한다.

고 하였다. 원고를 살펴본 순간, 다산 정약용이 강진으로 귀양 가 있을 때, 그의 아내 홍씨가 시집 올 때 입었던 치마를 보냈던 '하피첩(霞帔帖)'이 먼저 떠올랐다. 젊은 나이로 18년의 깊은 밤을 홀로 지새우며 빛바랜 다홍치마를 보내 본인의 사랑을 확인시키고, 잊지 말아 달라는 당부를 했던 '노을 빛(霞) 치마(帔)로 만든 문서첩(帖)'과 이번 시집이 함께 오버랩 되면서 그들의 절절한 순애보가 애틋하게 다가왔다.

金美林의 시는 오랜 세월 이곳과 저곳, 만남과 이별의 분리 공간에서 그것을 어떻게 건너 갈 것인가를 생각게 하는 합일(合一) 정신에서 비롯되었다고 본다.

> 내가 바람을 만드는 칠월이 되면
> 너는 나에게서 일어나 출렁거릴 테지
> 너의 잎사귀는 초록으로
> 너의 열매는 달작 지근 단내로
> 천지간에 향그런 몸짓
> 나풀거리며 춤 출 테지
> 내가 너의 춤 짓이 좋아 바람이 되는
> 칠월이 오면
>   -「부채와 포도는 사랑을 했네」전문

'부채'와 '포도'의 사랑, '나'는 '부채', '너'는 부채에 그려져 있는 '포도', '부채'와 '포도'는 다르면서도 다르지 않는 동체(同體)로 한 부채 속에서 함께 살아가고 있다. 그러나 아직 휴면(休眠) 상태에 놓여 있다. 하지만 '내가 바람을 만드는 칠월이 되면 / 너는 나에게서 일어나 ~ 춤 출 테지' 그럼 '내가 너의 춤 짓이 좋아 바람이 되는' 합일의 시절을 그리워하고 있다. 아래의 시에서도

바닷가에 서면 / 마음이 바다만큼 커진다는 것을
지중해변에서는 / 사람도 파도처럼 /-......-/
바다이면서 파도인 것을 / 당신도 알고 나도 알고
-「자유Freedom」일부

객관적 상관물로 등장하고 있는 '파도'(色)와 '바다'(空)가 하나의 바다에서 출렁이고 있다. 주객이 합일된 모습이다. 이렇듯 지중해 너머에 있는 당신과 이곳에 있는 내가 지구라고 하는 하나의 바다에서 하나의 마음으로 함께 출렁이고 있음을 깨우쳐 정서적 안정을 취하게 된다.

이는 분리되고 파편화 된 현상적 자아(파도)가 절대 본질의 우주적 본성, 곧 하나의 바다에서 함께 살아가고 있는 공동운명체임을 깨달아 자유로워진 모습이다.

　　　　꽃은 / 사막에서도 / 제 빛깔을 잃지 않고 피어난다
　　　　혼자서도 아름답지만 / 어우러져 있을 때
　　　　더 아름답다는 것을 / 모래 위에 핀 꽃들을 보고 알았다
　　　　　　-「사막에서도 꽃은」일부

'꽃은/ 사막에서도 / 제 빛깔을 잃지 않고', '어우러져 있을 때 / 더 아름답다'고 한다. 어울려 지내면서도 쉽게 동화되지 않는 화이부동(和而不同)의 자세로 화엄세계를 이루고 있다. 세상의 모든 사물들은 독립되어 있지 않고 하나로 연기(緣起)되어 불가분의 관계 속에서 함께 빛나고 있다. 그러기에 불교에서는 화엄경(華嚴經)을 여러 꽃들이 모여 아름다운 세상을 함께 이루어 가고 있는 잡화경(雜花經)이라고도 한다. 그가 지향하는 세계는 이처럼 평등의 세계요 잡화의 세계이다. 우주 안에 존재하는 일체만유가 다 중심이고 주인인 천상천하유아독존인 셈이다.

　　　　나를 바람이라 불러주오
　　　　어느 날은 보랏 빛깔 라일락 향기로
　　　　어느 날은 초록 이파리 향그럼으로
　　　　어느 날은 비릿한 바다 갯내음으로
　　　　　-……-

> 그대 코끝에서
> 살랑 거리는 나를
> 바람이라 불러주오
> ―「부채의 기도」 일부

 이 시에서 '바람'은 '바람(風)'과 '바라다(願)'의 중의적 의미로 시공을 초월하고 있다. 분리되어 있는 두 사물을 하나로 동일화하여 정서적 안정을 얻고자 한다. 이곳에 있는 나의 '향기'가 저곳(티베트 산맥을 넘고 지중해를 넘어)에 있는 '그대 코끝에서 살랑이는 바람'이기를 기도하고 있음이 그것이다.

 이는 조선시대 남원의 김삼의당이 과거시험을 위해 서울로 떠난 남편에게 쓴 시에서 '두 사람은 천리나 떨어져 있지만 / 이 얼굴이 저 달의 그림자를 좇아 / 밤마다 임의 곁을 비추고 싶어요'(秋夜月)에 등장한 '달[月]'과 다르지 않는 망부가(望夫歌)의 초월적 상관물이라 하겠다.

> 바람이 불어오니 하늘이 화안해져요
> 햇님이 웃네요
> 나무가 좋아라 몸을 흔들어요
> 나무 잎사귀도 덩달아 손뼉을 치네요

살짝, 옆에 있는 그녀의 어깨도 건드려 보면서
나무와 나무가 서로 춤을 추어요
　　－「환희」 전문

　'바람'과 '하늘', '나무'와 '그녀'가 하모니를 이루고 있다. 그것은 사물과 나 사이의 경계를 지우고 일체만유가 서로 연계되어 사람과 자연과 우주가 하나의 사이클로 융합된 무위자연의 세계다.
　이러한 주객합일의 자세로 더욱 세상의 모든 존재들과 하나로 어울려 사막에서도 꽃을 피우는 견성(見性)의 시인으로 대성하기를 빈다.

2024년 청포도가 익어가는 7월에
이언 김 동 수

부채와 포도는 사랑을 했네

1부 사막에서도 꽃은

1부 사막에서도 꽃은

| 점하나 찍고
| 도하공항에서
| 튀니지 블루
| 지중해를 바라보니
| 자유
| 튀니스의 새벽
| 사막에서도 꽃은
| 커피를 내리고
| 연서 1
| 시디부사이드
| 키갈리의 새벽
| 서로가 서로에게
| 르완다를 그리며
| 휴양지 풍경
| 지중해변에서

점하나 찍고

어느 날인가 부터 고개를 들면
내가 오르고자 했던
위가 보이고 있었다

한 걸음만 오르면
한 걸음만 더 오르면

어느 날
이어령 선생님께서 말씀하시길
위가 보이면 옆으로 가라하였다

그 순간
무주상보시의 주문을 외우는
부처가 나타나
같은 말을 걸어왔다

무주상보시

주문에 걸린 아이처럼

옆으로 가려한다

도하공항에서

사랑한다는 것은

설레임입니다.

당신이 기다리는 그곳에

다다르기 전

잠시 머무르는

여기에서

비행기의 문이 열리길 기다리며

가슴을 콩닥이는 이것

사랑할 때만 만날 수 있는

설레임입니다

튀니지 블루

바다 같은 호수를 앞에 두고
야자나무 잎사귀가 풍선 인형처럼
두팔 벌리고 춤을 춘다
바다건너에 두고 온 아들 생각도
야자나무 잎사귀 위에서
풍선 인형이 되어 춤을 춘다

튀니스의 하늘은
아쿠아블루의 바다를 품고
내안에서 일렁이는 보고픔도 품고
은쟁반처럼
빛나고 있다

지중해를 바라보니

바다가 거울 같아
하늘도 담아놓고
구름도 담아놓고
불어오는 바람도
내 보고픔도 담아놓은
바다가
거울 같아

자유

바닷가에 서면
마음이 바다만큼 커진다는 것을
지중해변에서는
사람도 파도처럼
자유로워진다는 것을
당신도 알고 나도 알고
우리는 모두 자유를 꿈꾸는
바다이면서 파도인 것을
당신도 알고 나도 알고

튀니스의 새벽

아직 아무도 걷지 않은 하얀 어둠을
너울처럼 쓰고 앉은 새벽
기도 시간을 알려주는 무아딘이
높디높은 모스크 첨탑 위에서
우리네 시조창처럼 긴 호흡으로
첫 아잔을 노래하면
신기하게도
아직 떠오르지 않는
태양 아래 누군가가
조용히 아침을 여는
일상의 소리가 시작 됩니다

이국땅의 여행자도
무아딘 처럼 경건한 얼굴로

마음속 깊숙한 곳에 세워진
사원의 첨탑 꼭대기에 올라가
지중해 너머 그리운 가족과
살아오면서 눈 마주친 모든 이들의
안전과 건강을 기원하는 기도를 올리고
하얀 너울을 걷어 올려
해맑은 얼굴로 말을 걸어오는
여명을 만납니다

사막에서도 꽃은

꽃은
사막에서도
제 빛깔을 잃지 않고 피어난다
혼자서도 아름답지만
어우러져 있을 때
더 아름답다는 것을
모래 위에 핀 꽃들을 보고 알았다

사람도 세상 어디에 있던
제 빛깔을 잃지 않고 피어나는 꽃이다
너와 나 우리가 함께 어우러져 있을 때
세상이 더 아름답다는 것을
모래 위에 핀 꽃들을 보고 알았다

커피를 내리고

태양이 찬란한 아침 창가에서
건강한 커피색깔 팔뚝을 가진 튀니지안이
드르륵 드르륵 곱게 갈아준 케냐산 아라비카
커피를 내립니다

하얀 종이 필터 가득 검은색으로 채워 놓고
뜨거운 물을 한 방울 한 방울
떨어뜨리는 순간
온몸을 흔들며 환호하는 커피 알갱이들

지중해 수평선 저쪽에서 밀려와
해변에서 부서지며 갯내음을 뿜어내는 파도처럼
하얀 거품을 밀어 올리더니 뭉게뭉게
한송이 함박꽃으로 피어나는 커피 향

어릴적 내 고향집
대문간 옆 돌담을 휘감고 올라가
마당 안을 들여다보던
그 시리게 희고 탐진 함박꽃이
그리운 아침
나는 달달한 커피 향을 마시며
먼먼 지중해 너머로 달려온 그리움을 달랩니다

연서 1

튀니지의 여름 햇살은
바늘처럼 날카롭고 억새처럼 뻣뻣해요
옷도 뚫고 들어와서 온 살갗을 찔러대요
그런 햇살도 그늘에 들어서면
삶은 국수처럼 연해져서
바람에 실리면 맨살을 휘감고 도네요
빨래를 널러 나가서 온몸으로 느낀 유월
해나는 날이에요

보고 싶어요

시디부사이드(Sidi Bou Said)*

튀니스에서 가장 유명하다는
지중해 마을로
덜컹이며 움직이는 낡은 기차는
우리네 비둘기호를 연상시키고

까르르 깔깔 하하 호호
즐거움으로 가득한 사람들의 표정에서
국경을 없애버린 만국 공통어
웃음의 위력을 새삼 느낀다

하얀 벽에 코발트 빛깔로 단장한
시디부사이드 언덕길
주황색 제복을 입은
오렌지 나무 가로수들 사이로

희고 노랗고 까맣고 거무튀튀한
세상 사람들이 뒤섞여
집시들의 무곡에 어깨춤을 추며
노을을 향해 이어진 골목길을 채우고 있다

*Sidi Bou Said
　-튀니스의 바닷가 마을(존경하는 사이드의 아버지라는 뜻을 가졌다고 함)

키갈리의 새벽

키갈리의 새벽은 빠르고 분주하다
누군가의 집으로
누군가의 밭으로
동트기 전의 새벽에
빠른 걸음으로 움직이는 사람들

새벽의 냄새
새벽의 소리
새벽의 이야기를 가까이서 듣고 싶다면
키갈리 시내의 골프장으로 가보라

신선한 비타민이 가득한 숲의 냄새
달콤한 속삭임이 가득한 새들의 노래
초원에서 윙윙거리는
꿀벌의 날개 짓 같은 몸짓으로
조용히 움직이는 사람들 속에서

새벽이 기지개를 켜며

배시시 미소 짓는 모습을

누구보다 먼저

누구보다 생생하게 지켜볼 수 있다

야생의 숲 언저리에서

놀라울 만큼 청명한

새들의 합창을 들으면

세상 누구보다 행복하고

감사한 사람이 되어있을 것이다

*키갈리골프장
　-르완다의 수도 키갈리 도심 속에 있는 유일한 골프장

서로가 서로에게

그늘에서 쉬고 있네요
지붕 위에 또 작은 지붕이 만들어준
그 작은 그늘에서
아프리카의 까치가 쉬고 있어요

그늘이 드리워져 있네요
무슨 근심이 있는지 알 수 없지만
작은 그늘에서
그대 미소가 잠시 쉬고 있네요

그늘은 양면이에요
뙤약볕 아래에선 시원한 쉼터가 되고
일상의 크고 작은 근심들을
품고 있다 풀어주기도 하는

그 속에 쉬기도 하고
그 속에 숨기도 하는

당신과 나
우리도 서로에게
그늘이에요

르완다를 그리며

그대 거기에 두고
마음이 …
아니지요
눈을 떠도 감아도
새들이 열어주던 아침이 그립고
하늘을 보아도
땅을 보아도
르완다는 지금쯤…
키갈리는 지금쯤…
저도 모르게 그리워 하는 그곳

르완다…

아니지요
당신이
그곳에 계시는
당신이
그리운 것이지요

휴양지 풍경

지중해변 휴양도시
하마메트 메디나
오래된 성벽아래
햇볕을 덮고
졸고 있는 고양이

성벽 안 좁은 골목 사이로
어깨를 드리운 부겐베리아 나뭇가지 위에
둥지를 튼 어린 새들의 노랫소리
두 볼을 간질이는 해변의 바람
코끝에 감기는 이국의 커피 향

지중해변에서

수평선 가득 번져드는 저 노을

저 구름자락 어디쯤

내 아가였던 네가 웃고 있나보다

저 노을 빙그레 번지는 걸 보니

너도 내가 그리운가 보다

부채와 포도는 사랑을 했네

2부 공주들은 꽃잠을 자고

2부 공주들은 꽃잠을 자고

| 그리움이 물감처럼
| 그대 선 자리에
| 부귀도富貴圖 앞에서
| 어변성룡도漁變成龍圖
| 양귀비의 노래
| 모란도를 그려놓고
| 목백합의 노래
| 공주들은 꽃잠을 자고
| 우리집은
| 내리사랑
| 동심
| 열일곱 울엄마
| 납매臘梅의 노래
| 동행 1

그리움이 물감처럼

아버지가
보고파질 때마다
생신 때 찍은 사진을 바라봅니다
사진을 보다가 더 그리워지면
물감을 풀고 아버지를 그려보는 큰딸

사진은
일흔여섯
손주 손녀를 여섯이나 두신
할아버지지만

내 그림 속에서는
서른여섯
마흔여섯 자꾸만 젊어져 가고
그렇게 젊은 아버지와
함께 못한
생신들이 아쉬워집니다

또다시 먼 타국에서
아버지가 그리워 물감을 풀고
여든여섯
아흔여섯
백여섯까지
지금처럼 웃고 계시길
기도하는 마음으로
그리움을 그립니다

그대 선 자리에

"연꽃은
진흙 밭에서도
이렇게 예쁜 꽃을 피운단다"
내 어릴 적 울 아버지
덕진 연못 연꽃 보며 해주셨던 말씀!
지천명 지나서야 알 것도 같아!

내가 사는 곳이 어디든
내 마음 담긴 꽃 한 송이 피워내면 되는 것을
탐진치로 가득한 나의 생은
뿌리는 진흙 밭에 내려놓고
탐스럽고 어여쁜 장미꽃만 탐 했었네

이제라도 내가 선 이 자리에서
맑디 맑은 연잎 하나 피워 올리고
희망을 가득 품은 연자밥으로
남을 수 있다면 좋겠네

부귀도富貴圖 앞에서

너의 이름이래

부를 부르는

귀한 것들을 품게 되는

명예로움이 가득해지고

가족의 화목을 부른다는

부귀도富貴圖

바라보는 그것만으로도

기분이 좋아지는

가만히 응시할수록

행복해지는

인생의 가장 아름다운 순간

너의 이름은 화양연화

어변성룡도 魚變成龍圖

너는 특별해
누구의 생각도 아니고
너만의 생각으로
너의 시간을 채우는
너는 참 특별해!

날아올라봐
있는 힘껏!
할 수 있는 양껏!
그곳이 어디든 날아올라봐

물고기가 변하여
용이 된다고 하잖아!

양귀비의 노래

가채를 썼다
내가 가진 것보다 더 풍성하고 단단한
멀리서도 잘 보일 만큼
아름답고 화려한

사람들은 내가 쓴 가채를 사랑한다
그것이 가채라는 것을
알고 있는 이도
모르고 있는 이도

그저 보이는 것에 환호하는
그들을 위해
나는 가채 하나 더 얹어 놓고
죽은 땅에서도 꽃이 피는 봄을 노래한다

모란도를 그려놓고

전생에 나비였을까

꽃이었을까

꽃을 그리면 기분이 좋아지니

꽃이었던 것도 같고

나비를 그려놓고는 행복해지니

나비였던 것도 같고

꽃이었던 시절도

나비였던 시절도

모두 꽃같이 예뻤거나

나비같이 아름다웠을 것이니

내가 아름답고 안전한 세상을 꿈꾸는 건

전생의 기억들이 가져온 화첩들인 걸까

나비가 날아드는 모란도를 그려놓고

몽유도원을 노래한다

목백합의 노래

가을이네
건지산 단풍나무 숲으로 오시게나
다 물들지 못해 컴컴한 그 숲 속으로
발 디밀기 두렵다면
망설이지 마시게나
내 온몸 불태워
그대 들어설 숲 어귀에
환하게 불 밝히는
등불 되어 서 있을 게니

공주들은 꽃잠을 자고

휴일 아침이면
우리 집 공주들 꽃잠을 잔다네
밤마다 방바닥 가득
꽃 이불 깔아주신 할머니랑
밤새 뒹굴며 꿀잠을 자는 공주들

우리 집 방바닥은
공주들이 꿀잠 자는
꽃밭이 된다네

부채와 포도는 사랑을 했네 _ 55

우리집은

윗 채로 가는
돌계단 틈새에
둥지를 튼
페튜니아 꽃잎 두 개

사람이랑
꽃이랑
돌계단이
함께 살아가는 곳

내리사랑

오구오구 내 강아지들~
이런 말은 우리 할머니가
우리 아들을 보고 하시는 말인 줄만 알았다
아구 이뻐라 내 강아지들~
이런 말은 우리 엄마가
우리 아기들을 보고 하시는 말인 줄만 알았다
어느 날부터
남동생 딸내미 둘을 볼 때마다
내 할머니처럼
내 엄마처럼
사진 한 장에도
화상 통화에도
나도 모르게
아구아구 내 강아지들~
아궁 이뻐라 내 강아지들~
좋아서 어쩔 줄을 모르는 큰고모
아니 할머니가 되어 있었다

동심

어느 시인은 반딧불을 달 조각이라고 했다지만은
참새처럼 재잘거리고 꾀꼬리처럼 노래하는
열 살 된 내 조카딸 지호는
금싸라기 별 조각이라고 부르고 싶단다
하늘을 날아다니다
무리 지어 쏟아지는 반딧불을 쓸어 담으면
부자가 될 것 같다고 노래하는 아이를 보며
내 마음속에서도
별 조각이 되고 금싸라기가 되는 반딧불들
어느새 나도 열 살이 되어 함께 놀고 있다

열일곱 울 엄마

일흔한 살

울 엄마 생신날

꽃다발 들고

꽃밭에 서니

열일곱에 시집오신

소녀가 되시네

부채와 포도는 사랑을 했네 _ 63

납매臘梅의 노래

나는
섣달에 피는 매화
납월에
꽃을 피웁니다

모두들
끝이다 체념하는 끄트머리에서
아니지요 이제 겨울도 끝이니
희망을 품으세요

노랑 꽃망울 하나 툭!! 터트려 놓고
파란 하늘에
나팔을 불고 싶은 봄의 전령사!

나는
섣달에 피는 매화
납매臘梅랍니다

동행 1

너와 나는 서로가 친정이다
나를 "친정" 으로 품고 있는
너를 "친정" 으로 품고 있는

우리 눈망울 가득 담겨 넘쳐나는
그렁그렁한 그리움들이
아롱다롱 되살아나
꽃도 되고 나무도 되기를
햇살 같은 마음으로
물감을 풀며 노래한다

나는
나를 "친정" 으로 품고 있는 너에게
너는
너를 "친정" 으로 품고 있는 나에게
동화 같은 마음속 집이 되어주자고

부채와 포도는 사랑을 했네

3부 꽃은 꽃의 마음을 갖고

3부 꽃은 꽃의 마음을 갖고

- 일상
- 연서 2
- 연서 3
- 꽃은 꽃의 마음을 갖고
- 사랑은 1
- 사랑은 2
- 사랑은 3
- 봄처녀 제 오시네
- 세월은
- 그곳이 어디이든
- 질투
- 나의 기도
- 신께서 물으시면
- 하얀 향내
- 삶이 그대를 속일지라도
- 천하정을 꿈꾸며

일상

양말은 오늘 하루가 어떠하였는지를 모두 기억합니다
당신이 내 발등 위에서 춤을 추었는지
꽃밭을 걸었는지
온몸을 편안하게 해주는 조약돌 길을 걸었는지
그 길들을 걸으면서 서로가 얼마나 추억했는지를
그리고 하루가 머물면서
벗겨진 모습으로 일상을 그려놓습니다.

나는 내가 낯설지만
당신은
낯설지 않습니다

연서 2

한 발바닥이
또 다른 발바닥을 만나
서로서로 어여삐 여겨
예쁘다 귀하다 노래하니
날마다가 선물입니다
날마다가 축복입니다

연서 3

남편

누구를 사랑한다는 건
그 사람이 사랑하는 모든 것을
사랑하는 것이에요

아내

내가 당신을 사랑한다는 것은
당신이 사랑하는 모든 것을
사랑한다는 말이에요

꽃은 꽃의 마음을 갖고

나...

꽃이 그려지는 걸 보니
마음에 꽃밭이 생긴 모양이에요

당신...

당신 자체가 꽃인데
속도 꽃 이라고요?

그러니까
꽃은 꽃의 마음을 갖는다는 것이에요

부채와 포도는 사랑을 했네 _ 77

사랑은 1

네가

그리움이 되지 않도록

한 순간도 놓치지 않고

바라다보는 것

사랑은 2

너를 향해
다가선 그날부터
너를
자세히 보는 것
너 하나만을
오래도록 지켜보는 것
너 하나에
미치는 것

아니다
사랑은
너의 일부로
녹아들어 가는 것

사랑은 3

서로의 마음 안에
꽃이 피어나는 일이에요
어쩌면
우리의 마음 밭은
꽃밭인 줄도 모르겠어요
한 송이 한 송이
기분 좋은 꽃들이 피어난
나의 마음 밭에서
당신과 함께 피운
꽃송이를 본다는 것은
축복이에요

봄처녀 제 오시네

빨갛게 볼 붉히고
울타리너머로 고개 내민
느티나무
반가운 임이 오시는지
까치발을 하고 웃고 있네

세월은

포개지고

포개지고

또 포개져서

당신의 이야기도 되고

우리의 사랑도 되고

그곳이 어디이든

산다는 건
살아간다는 것이다
살아간다는 건
사랑한다는 것이다
산 아래
바닷가
사막
그곳이 어디이든
산다는 건
당신과
사랑한다는 것이다

질투

사랑하는 것들 속으로
불쑥불쑥 튀어나와
칼춤을 추는 망나니

어제는
눈부시게 빛나던 깃털들을 자르고

오늘은
반짝거리던 다이아몬드 심장을 깨트리고

내일은
거침없이 휘둘러 태양도 부숴버릴

메두사처럼 머리카락 헝클리고
춤을 추는...

눈 맞춤한 모든 것들을

돌덩어리로 만들어 버리는

망나니

나의 기도

지금
그대가 뿌린 말과
마음의 씨앗들

뿌려진 대로
가시 되어 맺히지 말고
꽃이 되어 활짝 피어나기를

신께서 물으시면

죽어서도 기억하고 싶을 만큼
세상 중에 소중한 사람 몇이나 되느냐
신께서 물으시면

나는 서슴지 않고 답 하오리다
피를 나눈 이 말고는 단 한 명
그대 있노라고

세상 중에 두고가기 아까운 사람
몇이나 되느냐
신께서 물으시면

나는 망설임 없이 답하오리다
피를 나눈 이 말고는 단 한 명
그대 혼자라고

세상 중에 목숨만큼 귀한 사람
몇이나 되느냐
신께서 물으시면

나는 숨도 안 쉬고 답하오리다
피를 나눈 이 말고는 단 한 명
그대뿐이라고

하얀 향내

처음 우리
거기 그 자리 그대로 서서
언제나 두 팔 벌려 반겨주시는
제 영혼의 거울이 되신 당신을 사랑합니다

추운 겨울이 지나고 다가선 봄 햇살
분수처럼
하얀 향내 꽃 피운 배나무되어
오늘은
완숙한 얼굴로 당신을 부릅니다

고맙습니다 감사합니다

천년이 흐른다 해도 억겁이 흐른다 해도

거기 그 자리 당신이 계셔 주셔서

지금 우리 이 자리에 서 있기에

더 당신을 사랑합니다

억겁의 세월이 흐른 뒤에도

또다시 여기 이 자리에 서서

나의 사랑을 고백하고 싶습니다

사랑합니다

제 영혼의 거울이신 당신을

삶이 그대를 속일지라도

-희뿌연 먼지 뒤에 만나는 맑음에 대하여-

맑음은 그리움이었다
하여
어느 정원사의 기도처럼
밤과 새벽 사이에 내려준 크지도 작지도 않은
나뭇잎들의 먼지를 씻기고

그들의 뿌리가 묻힌 대지가 촉촉이 젖어들 정도의
비가 내리고 난 아침
내가 만난 맑음은
화들짝 반가워 창문을 열어젖히고
품어논 기쁨이었다

오마나 하늘 좀 봐!
나도 모르게 내지르는 탄성 속 선물이었다

희뿌연 하늘을 넘어서 매캐한 내음까지 동반한
그 먼지 속에서
사나흘 만에 만난 맑음은
그래서 더 진한 반가움이었다

허니 벗이여
生 중에서 먼지보다도 더 강한
희뿌연을 만난다 하더라도
어느 밤과 새벽 사이
신께서 크지도 작지도 않은 비를 뿌려
맑게 해주는 날이 올 것이니

러시아 시인 푸시겐의 시처럼
삶이 그대를 속이더라도
노하거나 슬퍼하지 마시게나

천하정을 꿈꾸며

언제쯤이면
당신에게서 해탈한 향기가 내 가슴팍에서 날까요

언제쯤이면
내 늑골 어딘가에 숨어 우는 불새가
파르라니 떨리는 날개를 접고

향기로운 눈망울로 먼 하늘을 우러를 수 있을까요

언제쯤이면
내 영혼의 현絃이 그윽한 소리를 내어

타닥거리며 타오르는 불꽃을
사그라들게 할까요

언제쯤이면...

*天下正(천하정) - 노자『도덕경』에 나오는 말로 '맑고 깨끗함'의 경지를 이름

부채와 포도는 사랑을 했네

4부 부채와 포도는 사랑을 했네

4부 부채와 포도는 사랑을 했네

| 봄님
| 건지산에 봄이 내려오는 소리
| 부채와 포도는 사랑을 했네
| 부채의 기도
| 지천명
| 저 꽃잎 지고 나면
| 비내리는 날의 소묘
| 나무의자
| 환희
| 수요일 오후
| 내버려 두소서
| 건지산의 가을
| 알고 있나 봐요
| 동행 2

봄 님

노랑연두 물감 풀어
애기 풀꽃 융단 깔고
살포 레이 오시는 님

토도독!!!
개나리꽃 망울 위로
노랗게 금칠하고
나팔 불며 오시는 님

건지산에 봄이 내려오는 소리

따사로운 햇살 품고
온몸 부풀려 환호하던 꽃잎들
살랑 불어오는 바람에
짐짓 실수인 척
후드둑 투두둑
지상으로 날아 앉고
겨우내 빈 몸으로
잠들어 있던 나무들은
산 목련 낙화 소리에
온몸 비틀어 기지개 켜며
투둑투둑 새싹들을 터드린다

부채와 포도는 사랑을 했네

내가 바람을 만드는 칠월이 되면
너는 나에게서 일어나 출렁거릴 테지
너의 잎사귀는 초록으로
너의 열매는 달작 지근 단내로
천지 간에 향기로운 몸짓
나풀거리며 춤출 테지
내가 너의 춤 짓이 좋아 바람이 되는
칠월이 오면

부채의 기도

나를 바람이라 불러주오
어느 날은 보랏 빛깔 라일락 향기로
어느 날은 초록 이파리 향그럼으로
어느 날은 비릿한 바다 갯 내음으로

그대 코끝에서
살랑거리는 나를
바람이라 불러주오

지천명

살랑
봄바람에
꽃망울 부풀리고
토독 봄 빗소리에
꽃잎을 터트린다

따사로운 봄 햇살에
우주를 품고
차가운 비바람에
꽃잎을 떨어뜨린다

이제서야
목련이 피고 지는
소리가
들리고 있다

저 꽃잎 지고 나면

나는 지금
저 꽃잎을 건드리며 놀고 있는
바람인가
그 바람에 온몸 내맡기고 흔들리는
꽃잎인가
저 꽃잎 다 지고 나면
사방천지 간에 흩뿌려질
붉은 양귀비꽃 씨방인가

비내리는 날의 소묘

창밖에 빗방울들이
방안을 들여다보고
하하 호호 웃어 댑니다

시끄러운 듯
수다스러운 듯

아이처럼
여고생처럼

까르르까르르
투닥투닥

그렇게 기분 좋은 소리로
내 방안을 들여다보고
웃어 댑니다

나무의자

우리 동네 편백나무 숲속에는
바람이 놀러와 머물다간
의자 하나 놓여 있어요
하늘 향해 곧게 뻗은
몸매를 자랑하는 나무들 사이로
진초록의 나무 잎사귀들이 하늘을 가려주면
바람은 기다렸다는 듯 살포시 불어와
거칠한 나무 등걸들을 쓰다듬고 놀다가
어둠이 내려올 즈음이면
헤어짐이 아쉬운 듯 바라보던
기다란 나무의자 하나 놓여 있어요

환희

바람이 불어오니 하늘이 화 안 해져요
햇님이 웃네요
나무가 좋아라 몸을 흔들어요
나무 잎사귀도 덩달아 손뼉을 치네요

살짝
옆에 있는 그녀의 어깨도 건드려 보면서
나무와 나무가 서로 춤을 추어요

수요일 오후

낙수정 종점 '재하 커피숍'
커피 볶는 기계 소리
두어 테이블에서의 이야기 소리

행복한 표정의 부부가
분주히 움직이는 몸짓들에서
콜롬비아 커피향의
진한 향그림이 배여 나오고 있다

얼음이 동동 거리는
아이스 아메리카노 한 잔에
행복을 함께 담아 마셔보는 오늘은
지리한 장마 끝에
태양이 쨍~하게 뜬
수요일 오후

내버려두소서

단풍잎이 물들거든
물들게 하소서
단풍잎이 지거든
지게 하소서

건지산의 가을

단풍도
해가 들어야 볼을 붉힌다

컴컴한 단풍나무숲 아래로
환하게 불 밝히고 서있는 플라타너스
초록 단풍 숲에 저 혼자 몸 달아
붉게 타오른 이름도 모르는 놈
매끈한 몸매를 자랑하는 배롱나무
잎이 떨어지지 않아 서로 부벼대는 소리로
가을을 노래하는 졸참나무 신갈나무

숲은
서로 다른 모두가
함께 가는
동행의 장터더라

알고 있나 봐요

시청 앞을 지나다가
휘리릭~
내 가슴으로 날아와 안기는 단풍 잎 하나
여린 숨으로 받아 삼켰을 태양의 빛깔
아파라~
아쉬움 남기고 나무와 이별했을

고개 들어 올려다보니
그렁그렁 눈물은 없고
한들한들 바람만
빈 가지에 걸터앉아
눈 웃음 치네요

아마도 새봄이 오면
다시 만나리라는 것을
알고 있나 봐요

동행 2

그대가 만들어 준
그리움의 바닷속으로
잠수하는 내가 부러워

붉은 서산 노을도
나의 바다로 풍덩
동행합니다

부채와 포도는 사랑을 했네

5부 그림 다시보기

그림 다시보기

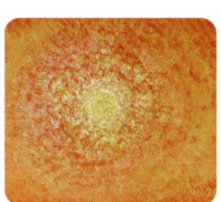

판테온의 태양
- 캔버스(50*57)에 아크릴물감
- 충용갤러리(육군부사관학교) 초대전 (제1회 개인전)

화양연화 2024
- 판넬(100*100)에 한지와 아크릴물감 한지그림 (전국한지공예대전 수상작)

환희
- 캔버스(60*50))에 아크릴물감

사막에서도 꽃은
- 종이(33*24)에 아크릴물감

라마르사
- 종이(10*15)에 아크릴물감

자유
- 캔버스(60*50)에 아크릴물감

북아프리카의 꽃 튀니지
 - 종이(10*15)에 아크릴물감

연서
 - 종이(33-24)에 아크릴물감

키칼리의 봄
 - 종이(33*24)에 한국화물감

공주들은 꽃잠을 자고
 - 종이(11*14)에 아크릴물감

전생에 신선이셨던 분
 - 종이(15*20)에 아크릴물감

환생
 - 캔버스(91*91)에 아크릴물감

화양연화 2023
 - 캔버스(90*72)에 아크릴물감
   (전국 고을미술대전 수상작2003)

꿈을 향하여
 - 판넬(70*70) 한지위에 닥죽과 아크릴물감
   (전라북도 미술대전 수상작2024)

가채쓴 양귀비
 - 캔버스(72*60)
   (전국온고을 미술대전 수상작2002)
 - 충용갤러리(육군부사관학교) 초대전
   (제1회 개인전)

- **복을 담고 왔어요(베이징)**
  - 캔버스(60*50)에 아크릴물감
  - 충용갤러리(육군부사관학교) 초대전
    (제1회 개인전)

- **숲을 밝히다**
  - 캔버스(22*22)에 아크릴물감

- **함께살아요**
  - 종이(40*30)에 색연필(세밀화)
    (전북대학교 자연사 박물관 기획전시2022)

- **행복한 공주들**
  - 종이(18*13)에 아크릴물감

- **바닷가의 공주들**
  - 돌맹이에 아크릴물감

- **열일곱 울엄마**
  - 종이(18*13)에 아크릴물감

- **납매의 노래**
  - 캔버스(18*14)에 아크릴물감

- **동화속어린이집**
  - 캔버스(90*72)에 아크릴물감

- **옥색의호수(크로아티아)**
  - 캔버스(27*27)에 아크릴물감
  - 충용갤러리(육군부사관학교) 초대전
    (제1회 개인전)

· 일상
- 종이(40*30)에 아크릴물감

· 꽃은 꽃의 마음을 갖고
- 캔버스(27*27)에 아크릴물감

꽃이 된 태양
- 캔버스(91*91)에 아크릴물감

부채와포도는 사랑을 했네
- 한지 부채에 아크릴물감

봄님
- 캔버스(90*72)에 아크릴물감

저 꽃잎지고 나면
- 캔버스(40*27)에 아크릴물감

건지산에 봄
- 한지(70*40)에 아크릴물감

빨강보트를 타고 여행을 하다(네델란드)
- 캔버스(60*45)에 아크릴물감
- 충용갤러리(육군부사관학교) 초대전
  (제1회 개인전)

부채와 포도는 사랑을 했네

| 1판 1쇄_ 발행 2024년 7월 5일
| 1판 1쇄_ 인쇄 2024년 7월 5일

| 글_ 김미림
| 그림_ 김미림
| 편집_ 제이비디자인
| 펴낸곳_ 도서출판 제이비(JB)
 전북특별자치도 전주시 덕진구 석소로 9-4
 T. 063-902-6886
 E. jb9428@daum.net

ISBN 979-11-92141-26-8

값 15,000원

| 파본은 구입하신 서점이나 출판사에서 교환해 드립니다.
| 이 책은 저작권법에 의해 보호를 받는 저작물이므로 무단전재와 복제를 금합니다.